Comentarios d̶e̶ ̶l̶o̶s̶ ̶n̶i̶ñ̶...
Mary Pope Osbo̶...
serie "La ca̶...

Quiero que escribas 999.99̶...
libros. —Tyler C̶...

Le di uno de tus̶...
convirtió en su l̶...

¡Me gustan tant̶...
favorito! —Laur̶...

Me encanta tu colección. Con estos libros siento
que puedo vivir cada historia a través de sus
páginas. —Levi H.

Deseo tener la colección completa. Y espero que
escribas millones más. —Claire M.

Cada vez que leo uno de tus libros mi mente
emprende una nueva aventura. —Jeff D.

Me gustaría pasarme la vida leyendo esta
colección. —Juliette S.

Ya he leído muchos libros de la serie.
Me siento orgullosa de haber leído tantos libros
y se lo cuento a todos mis amigos.
—Meredith M.

Adoro los libros de "La casa del árbol". Me hacen
más feliz que una hiena. —Natalie D.

¡Los padres y los maestros también están encantados con la colección!

Como padre, te agradezco que escribas historias llenas de aventura, diversión y lecciones de un valor incalculable. —M. Nagao

¡Has conseguido que mi hijo de ocho años se convierta en un lector empedernido! Ayer tuve la grandiosa experiencia de verlo caminar desde el auto hasta la puerta de la casa sin quitar los ojos de tu libro. —M. Houghton

¡Es posible que la colección me inspire a volver a ejercer la docencia elemental y preparar mis clases en base a tus libros! —J. Hendrickson

¡Gracias por escribir libros tan geniales! Las historias no sólo han servido para motivar la lectura entre mis estudiantes sino que nuestra clase también ha motivado a otras. Por lo menos seis cursos diferentes han adquirido tu colección para el año entrante. —Sra. Kennedy

¡Mis alumnos acaban de descubrir las maravillosas historias de la serie "La casa del árbol". ¡Están encantados, entretenidos, maravillados, asombrados y aterrados por lo que página a página viven Annie y Jack!* —B. Paget-Puppa

No puedo explicarte hasta qué punto mis alumnos han aprendido a leer a través de tus libros; éstos les han servido en el aprendizaje de otras materias también. ¡Incluso algunos padres me han llamado para preguntarme qué he hecho con sus hijos, que antes ni podían leer! —P. Lorensen

Queridos lectores,

Hacía años que tenía el deseo de que Annie y Jack visitaran las tribus nativas de Norteamérica del siglo XIX. Al principio no estaba segura acerca de qué tribu elegir, ya que existen muchas y cada una es única, con costumbres, idioma y estilo de vida propios.

Finalmente, me decidí por los lakotas, una tribu de las Grandes Llanuras. Aún así mi investigación se complicó al descubrir que éstos, a su vez, se subdividían en varios grupos, cada uno muy diferente al otro. Además, al no existir documentación sobre muchas costumbres y creencias de esta tribu nadie puede asegurar exactamente cómo era su estilo de vida hace más de un siglo.

En *Búfalos antes del desayuno* quiero compartir la información más importante que yo he aprendido acerca de las tradiciones de esta tribu. Annie, Jack y yo nos sentimos privilegiados de haber disfrutado de una corta pero efectiva "visita" con estas personas tan interesantes. Y esperamos que ustedes también.

Les desea lo mejor,

Mary Pope Osborne

Búfalos antes del desayuno

Mary Pope Osborne

Ilustrado por Sal Murdocca

Traducido por Marcela Brovelli

LECTORUM
PUBLICATIONS, INC.

Para Natalie, la cariñosa y
simpática abuela de Andrew y Peter

BÚFALOS ANTES DEL DESAYUNO

Spanish translation © 2008 by Lectorum Publications, Inc.
Originally published in English under the title
BUFFALO BEFORE BREAKFAST
Text copyright © 1999 by Mary Pope Osborne
Illustrations copyright © 1999 by Sal Murdocca

This translation published by arrangement with Random House Children's Books,
a division of Random House, Inc.

MAGIC TREE HOUSE ®
is a registered trademark of Mary Pope Osborne, used under license.

ISBN 978-1-933032-48-1

Printed in the U.S.A.

10 9 8 7 6 5 4

Library of Congress Cataloging-in-Publication Data

Osborne, Mary Pope.
[Buffalo before breakfast. Spanish]
Búfalos antes del desayuno / Mary Pope Osborne ; ilustrado por Sal Murdocca ; traducido por
Marcela Brovelli.
    p. cm.
Summary: The magic tree house takes Jack and his sister Annie to the Great Plains where they
learn about the life of the Lakota Indians.
ISBN 978-1-933032-48-1 (pbk.)
[1. Time travel--Fiction. 2. Magic--Fiction. 3. Tree houses--Fiction. 4. Dakota Indians--Fiction. 5.
Indians of North America--Great Plains--Fiction. 6. Spanish language materials.] I. Murdocca,
Sal, ill. II. Brovelli, Marcela. III. Title.
PZ73.O7452 2008
[Fic]--dc22
                                                                                          2008015326

ÍNDICE

Prólogo

Un día en el bosque de Frog Creek, Pensilvania, apareció una misteriosa casa en la copa de un árbol.

Jack, un niño de ocho años y su hermana Annie, de siete, treparon hasta la pequeña casa de madera. Al entrar, ambos advirtieron que ésta se encontraba repleta de libros.

Muy pronto, Annie y Jack descubrieron que la casa era mágica. En ella podían viajar a cualquier lugar. Sólo tenían que señalar un sitio en uno de los libros y pedir el deseo de llegar hasta allí.

Con el tiempo, Annie y Jack conocieron a la dueña de la casa del árbol. Su nombre es Morgana le Fay. Ella es una bibliotecaria mágica de la época del Rey Arturo y viaja a través del tiempo y del espacio en busca de más y más libros.

En los números 5 al 8 de esta colección, Annie y Jack ayudan a Morgana a liberarse de un hechizo. En los volúmenes 9 al 12, resuelven cuatro antiguos acertijos y se convierten en Maestros Bibliotecarios.

En los libros 13 al 16, ambos rescatan cuatro relatos antiguos que corrían peligro de perderse para siempre.

Y en los números 17 al 20, Annie y Jack deben recibir cuatro regalos para ayudar a liberar a un misterioso perro de un hechizo. Por ahora cuentan con un obsequio, el que recibieron a bordo del *Titanic*. Y ya están a punto de partir en busca del segundo...

1

¡Teddy ha vuelto!

—¡Guau! ¡Guau!

Jack se ató los cordones de las zapatillas deportivas y miró por la ventana de su habitación.

Los primeros rayos de sol iluminaron un cachorro de orejas pequeñas y pelaje enmarañado de color marrón.

—¡Es Teddy! —dijo Jack.

Justo en ese momento, Annie entró en la habitación de su hermano.

—¡Volvió Teddy! ¡Tenemos que irnos! —dijo ella.

3

Había llegado la hora de la segunda misión. Tenían que liberar al cachorro del hechizo.

Rápidamente, Jack guardó el lápiz y el cuaderno dentro de la mochila. Luego bajó por las escaleras, detrás de su hermana. Y ambos atravesaron la cocina.

—¿Adónde van? —preguntó su mamá.

—Vamos afuera —explicó Jack.

—Pronto estará listo el desayuno —dijo la mamá—. Y la abuela llegará enseguida.

—No tardaremos mucho —respondió Jack. Adoraba las visitas de la abuela. Era una mujer cariñosa y divertida. Y siempre tenía algo nuevo que enseñarles a sus nietos.

Annie y Jack salieron por la puerta principal de la casa. Teddy estaba esperándolos.

—¡Guau! ¡Guau!

—¿Adónde fuiste la semana pasada? —preguntó Jack.

El cachorro movió la cola con alegría.

Luego corrió hacia la acera.

—¡Espéranos! —gritó Annie.

Ambos siguieron a Teddy por la calle y después todos se internaron en el bosque de Frog Creek.

El viento hacía temblar las hojas de los árboles. Los pájaros saltaban de rama en rama.

Teddy se detuvo ante una escalera hecha de soga, que colgaba del roble más alto del bosque. Al final de la escalera estaba la casa mágica.

Annie y Jack se quedaron mirando la casa.

—No hay señales de Morgana —dijo Annie.

—Subamos —propuso Jack.

Annie alzó a Teddy y comenzó a subir con cuidado. Jack la seguía.

En el interior de la casa del árbol, Teddy olfateó el reloj de bolsillo de plata que estaba en el suelo. Junto a éste había una nota que Morgana había escrito para Annie y Jack.

Annie agarró la nota y leyó lo que decía en voz alta:

Este pequeño perro está bajo un hechizo y necesita que ustedes lo ayuden. Para liberarlo, deben recibir cuatro objetos especiales:

Un regalo de un barco perdido en alta mar
Un regalo de la llanura azul
Un regalo de un bosque lejano
Un regalo de un canguro
Actúen con valentía y sabiduría. Y tengan mucho cuidado.

—Ya tenemos el primer objeto especial —dijo Annie—. El regalo del barco perdido en alta mar.

—Sí —dijo Jack. Y tomó en la mano el reloj de bolsillo de plata.

Las agujas marcaban las 02:20 de la madrugada. La hora en que se hundió el *Titanic*.

Annie y Jack miraron el reloj fijamente.

—¡Guau! ¡Guau!

El ladrido de Teddy los trajo de nuevo a la realidad.

—De acuerdo —dijo Jack con un suspiro. Y se acomodó los lentes—. Es hora de ir en busca del regalo de la llanura azul.

—¿Qué quieres decir? —preguntó Annie.

—No estoy seguro —contestó Jack. Y, en silencio, observó el interior de la casa del árbol—. Pero creo que ese libro nos llevará.

Y tomó un libro que estaba en un rincón. En la tapa tenía el dibujo de una extensa llanura. El título era *Las Grandes Llanuras*.

—¿Listos? —preguntó Jack.

Teddy aulló y movió la cola.

—Bueno, en marcha. Cuanto antes liberemos a Teddy, mucho mejor —agregó Annie.

Jack señaló la tapa del libro.

—Queremos ir a este lugar —exclamó.

El viento comenzó a soplar.

La casa del árbol comenzó a girar.

Más y más rápido cada vez.

Después, todo quedó en silencio.

Un silencio absoluto.

2

Mar de pasto

Los primeros rayos de sol comenzaron a entrar en la casa del árbol. La brisa fresca olía a pasto salvaje.

—¡Uy, cielos, qué ropa tan bonita! —exclamó Jack.

Sus pantalones vaqueros y su camiseta se habían transformado como por arte de magia. Ahora llevaba puesto una camiseta y pantalones de piel de ciervo. Annie tenía puesto un vestido con flecos del mismo material.

Los dos estaban calzados con botas de cuero

muy suave y una gorra de piel de mapache. La mochila de Jack era ahora un bolso de cuero.

—Parezco un hombre de las montañas —dijo.

—Lo único que te falta es la montaña —agregó Annie, mientras señalaba hacia afuera a través de la ventana.

Teddy y Jack miraron hacia afuera.

La pequeña casa se encontraba en la copa de un árbol solitario, en medio de una extensa llanura dorada. A lo lejos, el sol comenzaba a elevarse.

El viento susurraba a través del pasto alto y amarillo. "*Shhh- shhh- shhh*", decía.

—Necesitamos un regalo de la llanura azul —dijo Jack.

—Seguro que el color azul tiene que ver con el color del cielo —agregó Annie mirando hacia arriba.

—Sí —contestó Jack. Cuanto más contemplaban el cielo, parecía cada vez más azul—.

11

Pero, ¿cómo vamos a hacer para conseguir el regalo? —preguntó Jack.

—Igual que la otra vez —respondió Annie—. Tenemos que esperar a que alguien nos lo entregue.

—Pero aquí no hay nadie —comentó Jack.

Luego abrió el libro y leyó en voz alta.

> Las Grandes Llanuras se encuentran en el centro de Estados Unidos. Antes del siglo XX, este extenso territorio ocupaba cerca de una quinta parte del país. A esta vasta porción algunos la llamaban "mar de pasto".

Jack sacó el cuaderno de la mochila.

—Vamos —dijo Annie.

Tomó a Teddy y bajó por la escalera.

Jack escribió rápidamente:

Grandes Llanuras — territorio muy extenso

—¡Uy, esto sí que parece un mar de pasto! —dijo Annie desde abajo.

Jack guardó el libro y el cuaderno en el bolso y bajó por la escalera.

Cuando apoyó los pies en el suelo, notó que el pasto le llegaba al pecho y le hacía cosquillas en la nariz.

—¡*Ah-ah-CHUU!* —estornudó.

—Nademos en el mar de pasto —sugirió Annie.

Y se marchó llevando a Teddy bajo el brazo.

El viento soplaba suavemente mientras Jack se apuraba para alcanzar a su hermana. Lo único que podía ver eran olas de pasto por todos lados.

Así, ambos caminaron y caminaron. Por fin se detuvieron a descansar.

—Podríamos caminar durante meses sin ver otra cosa que pasto y más pasto —dijo Jack.

—¡Guau! ¡Guau!

—Teddy dice que hay algo estupendo más adelante —comentó Annie.

—No puedes saber lo que dice. Sólo ladra —agregó Jack.

—*Sí*, puedo. Confía en mí —dijo Annie.

—No podemos pasar todo el día caminando —dijo Jack.

—Vamos, sólo un poco más —agregó Annie reanudando el paso.

—¡Ay, por favor! —exclamó Jack.

Y continuó avanzando por el alto pasto ondulante. Annie y su hermano descendieron por una ladera pequeña y luego subieron por una colina.

De pronto, en la cima, Jack se quedó paralizado.

—¡Ay, esto sí que es estupendo! —susurró.

—Te lo dije —agregó Annie.

3

Halcón Negro

Jack se quedó mirando fijamente el círculo de *tepees* que se veía en la distancia. Un grupo de gente vestida con ropa de piel de ciervo trabajaba laboriosamente alrededor de las pequeñas carpas. Muy cerca de allí había ponis y caballos pastando.

Jack sacó el libro para investigar, y cuando encontró el dibujo de los *tepees* se puso a leer:

A comienzos del siglo XIX, en las Grandes Llanuras vivían muchas tribus nativas de Norteamérica. La tribu más grande era la de los lakotas.

Vivían principalmente en el área que hoy se conoce como Dakota del Norte, Dakota del Sur y Minesota.

Jack sacó el cuaderno del bolso y anotó lo siguiente:

Comienzo del s. XIX — lakotas, la tribu más grande de las Grandes Llanuras

Annie y Jack escucharon un caballo relinchar en la distancia.

Cuando se dieron vuelta vieron a un jinete que galopaba hacia el campamento.

Detrás de él, el sol brillaba en lo alto. Jack sólo podía ver una silueta que llevaba un arco y una aljaba de flechas colgada a la espalda.

Rápidamente, Jack recorrió las páginas del libro, hasta que encontró el dibujo de un hombre

montado en un caballo. Éste llevaba un arco y varias flechas colgando de la espalda. Debajo del dibujo decía: GUERRERO LAKOTA.

De inmediato, Jack se puso a leer lo que decía:

Todo cambió para los nativos de las Grandes Llanuras después de la llegada de los pobladores blancos, a mediados del siglo XIX. Así comenzó el enfrentamiento entre los guerreros lakotas y los soldados blancos. Hacia finales del mismo siglo, la tribu lakota fue derrotada. Los lakotas perdieron su tierra y su forma de vida tradicional.

Jack volvió a mirar al jinete. El guerrero se acercaba.

—¡Agáchate! —dijo Jack en voz muy baja.

—¿Por qué? —preguntó Annie.

—Puede que ésta sea la época de la guerra entre los indios y los pobladores blancos —explicó Jack.

El pasto susurraba por lo bajo con el paso rápido del guerrero, ya muy cerca de Annie y Jack.

El caballo volvió a relinchar.

—¡Guau! ¡Guau!

—¡SSShhh! —exclamó Jack en voz muy baja.

Pero era demasiado tarde. El guerrero había oído el ladrido de Teddy. Y galopaba hacia ellos con el arco en la mano.

—¡Espera! —gritó Jack. Y de un salto, salió de su escondite—. ¡Venimos en son de paz!

El jinete se detuvo.

En ese instante, Jack advirtió que se trataba de un niño montado en un poni. Y el pequeño no podía tener más de diez u once años.

—¡Eh, pero tú eres un niño! —dijo Annie sonriendo.

El pequeño no le devolvió la sonrisa. Pero guardó su arco mientras miraba fijamente a Annie.

—¿Cómo te llamas? —preguntó ella.

—Halcón Negro —respondió el niño.

—Bonito nombre. Nosotros somos Jack y Annie. Estamos de visita, vivimos en Frog Creek, Pensilvania —explicó Annie.

Halcón Negro saludó moviendo la cabeza. Luego se dio vuelta para marcharse al campamento.

—¿Podemos ir contigo? —preguntó Annie.

El niño miró hacia atrás.

—Sí. Vengan a conocer a mi gente —respondió.

—Quieres decir... ¿a tus padres? —preguntó Annie.

—No. Ellos murieron hace mucho tiempo. Yo vivo con mi abuela —dijo Halcón Negro.

—Ah, me encantaría conocer a tu abuela. Yo también veré a la mía hoy —comentó Annie.

Halcón Negro le dio un suave empujón al poni para reanudar la marcha. Annie y Teddy lo seguían un poco más atrás.

Jack no se movió de su sitio.

"¿Y si los lakotas están en guerra con los pobladores blancos y piensan que somos enemigos?", pensó, preocupado.

—¡Annie! —llamó Jack en voz baja—. Podría ser peligroso.

Pero Annie le hizo señas para que la siguiera.

Jack respiró hondo. Abrió el libro para investigar y rápidamente examinó las páginas. Necesitaba saber cómo comportarse con los lakotas.

En una de las páginas decía lo siguiente:

Los lakotas consideran que hablar lo menos posible y compartir regalos con las visitas son buenas costumbres.

En otra página leyó lo siguiente:

Los lakotas admiran a las personas valientes.

Más adelante, Jack encontró la frase que buscaba:

Dos dedos hacia arriba significa: "amigos".

Luego guardó el libro y corrió en busca de su hermana.

Annie le hablaba a Halcón Negro sobre su abuela. El niño la escuchaba atentamente.

—Annie —susurró Jack—. Acabo de leer que es de buena costumbre hablar poco, compartir regalos y actuar con valentía. Y, además, si alzamos dos dedos quiere decir que somos "amigos".

Annie asintió con la cabeza.

—¿Entendiste? —preguntó Jack.

—¡Claro! No hables, sé valiente y no habrá problemas.

—Jack levantó la vista y se quedó sin habla.

En la distancia, la gente del campamento había interrumpido sus tareas. Todas las miradas recaían sobre Jack y Annie.

Sin perder tiempo, Jack alzó dos dedos. Annie hizo lo mismo.

4

Buenas costumbres

Halcón Negro condujo a Jack y a Annie hacia los *tepees*. Todos continuaban observándolos.

Jack no tenía idea de lo que los lakotas pensaban de él y de su hermana. Nadie se veía enojado. Pero tampoco había rostros alegres.

Jack pensaba en cómo demostrar valentía.

Miró en dirección a su hermana. Annie caminaba derecha. Llevaba la frente bien alta y su rostro se veía sereno.

Jack enderezó los hombros. Alzó la frente y se sintió más valiente.

Halcón Negro se detuvo y se bajó del poni. El animal se marchó en busca de hierba tierna.

Luego, el niño llevó a Annie y a Jack a un *tepee*. Éste tenía dibujos de búfalos en el exterior.

—Mi abuela está adentro —comentó Halcón Negro.

El interior del *tepee* parecía una estancia en forma de círculo. En el centro de ésta había una fogata. El humo salía por un agujero en la parte de arriba.

Una anciana vestida con pieles de animal bordaba un mocasín con cuentas.

Cuando Annie y Jack entraron ella alzó la vista.

—Abuela, ellos son Annie y Jack, de Frog Creek, Pensilvania —dijo Halcón Negro.

Annie y Jack alzaron dos dedos en señal de amistad.

La abuela hizo lo mismo.

Luego Jack se quitó la gorra de piel de mapache y se la dio a la abuela de Halcón Negro.

La anciana se colocó la gorra sobre la cabeza y se echó a reír. Annie y Jack también se rieron.

La risa y el rostro dulce de la anciana le hicieron recordar a Jack a su abuela.

—Así que ustedes desean aprender nuestras costumbres —dijo la anciana.

Annie y Jack asintieron. Jack comprendió que la abuela era una mujer sabia.

La anciana se puso de pie y salió del *tepee*. Todos salieron detrás de ella.

Afuera, todo el mundo había reanudado sus tareas. Sabían que Annie y Jack no eran enemigos.

Jack observó los alrededores del campamento.

Los hombres y los niños tallaban arcos. Las mujeres y las niñas machacaban trozos de carne y cosían ropa. Una niña cosía unas garras a una camisa de piel de ciervo.

—Las garras de oso le darán el poder del animal —explicó la abuela—. También le coserá plumas de halcón, dientes de alce y espinas de puerco espín. Así tendrá el poder de cada animal.

Jack sacó el cuaderno:

Cosen garras de oso a las camisas

—Cuando voy a cazar búfalos el poder de los animales me da mucha fuerza —dijo Halcón Negro con orgullo.

—¿Qué quieres decir? —preguntó Jack.

—Te enseñaré. Espera y verás —dijo Halcón Blanco.

Y entró en el *tepee*.

Annie miró a la abuela del niño.

—¿Para qué su nieto caza búfalos? —preguntó.

—Los búfalos nos proporcionan muchas cosas útiles —explicó la abuela—. Nos alimentamos con su carne, la piel sirve para construir los *tepees*, y los huesos para fabricar herramientas.

Jack hizo una lista con cada objeto.

—Hacemos vasijas de sus cuernos —dijo la abuela—, sogas de su pelo e incluso trineos de sus costillas.

Jack terminó la lista:

Búfalos

Piel — tepee

Huesos — herramientas

Cuernos — vasijas

Pelo — sogas

Costillas — trineos

—Esto me recuerda a un cazador de focas del Ártico —dijo Annie—. Él utilizaba todo lo que la foca le daba. No desperdiciaba nada.

Justo en ese momento, Teddy empezó a gruñir y a ladrar.

Annie y Jack volvieron la cabeza para ver qué pasaba. Ambos se quedaron sin aliento.

Del interior del *tepee* de la abuela salió un enorme lobo.

5

Rayo de Sol y Medianoche

El lobo tenía ojos amarillos y dientes filosos.

Teddy empezó a gruñir y a ladrar. Annie salió corriendo detrás del cachorro para agarrarlo.

De pronto, ¡el lobo se puso de pie en sus dos patas traseras!

—¡Ayyy! —exclamó Annie.

Y retrocedió de un salto.

Después ella y Jack se echaron a reír.

El feroz lobo era Halcón Negro debajo de la piel del animal. Sacó la cabeza por una abertura cercana al cuello de la piel. Se echó a reír cuando vio a Annie y a Jack.

—Qué bonito traje de lobo —dijo Annie.

—¿Para qué lo usas? —preguntó Jack.

—El cazador de búfalos más poderoso es el lobo. Cuando uso su piel puedo sentir su fuerza —explicó Halcón Negro.

—¡Genial! —exclamó Annie.

—Halcón Negro miró a su abuela.

—¿Puedo llevarlos a ver los búfalos ahora? —preguntó.

—Sólo vayan a *verlos* —aclaró la abuela—. No vayas a cazar. Por hoy tenemos suficiente carne.

La anciana miró a Annie y a Jack.

—Los lakotas nunca tomamos más carne de la que necesitamos —comentó.

—Eso está muy bien —dijo Annie.

Halcón Negro le entregó la piel de lobo a su abuela. Luego, corrió a buscar los ponis, que pastaban a lo lejos.

El pequeño montó el suyo y arrió dos más para Jack y su hermana. Uno era de color negro y el otro, dorado.

—Hola, Medianoche. Hola, Rayo de Sol. Al verlos, Annie les puso nombre a los ponis y les acarició la nariz.

—Annie —susurró Jack—. ¿Cómo vamos a hacer para montar sin silla ni riendas?

—Agárrate de la crin y sujétate fuerte con las piernas. Mírame —dijo Annie.

Ella extendió los brazos alrededor del cuello de Medianoche. Luego cruzó una pierna por encima del caballo y se montó de un empujón.

—Llevaré a Teddy en el bolso —agregó.

Jack alzó al cachorro y lo puso en el bolso de cuero. Se lo dio a Annie y ella se lo colgó del hombro. Teddy asomó la cabeza fuera del bolso.

—¡Guau! ¡Guau!

—¡Andando, Medianoche! —dijo Annie. El poni emprendió la marcha.

—Espera —dijo Jack.

Y se volvió hacia Halcón Negro. Quería hacerle algunas preguntas.

Pero Halcón Negro ya había partido.

Jack respiró hondo. Se abrazó al cuello de Rayo de Sol y alzó una pierna por encima del animal.

De pronto, ¡el poni comenzó a moverse!

—¡Espera! ¡Espera! —dijo Jack, saltando en un solo pie, para no perder la marcha.

El poni se detuvo.

Lentamente, Jack se tomó de la crin y se sentó sobre el lomo del animal. Luego, se acomodó los lentes.

Miró por encima del hombro y vio que la abuela de Halcón Negro lo observaba.

Ella le hizo una seña para darle coraje.

"*Los lakotas admiran a los que actúan con valentía*", recordó Jack.

Le agradaba la abuela de Halcón Negro. Y quería que la anciana lo admirara. Luego, Jack dio un grito salvaje y Rayo de Sol salió galopando tan rápido como un rayo.

De repente, se sintió un chico muy valiente.

Se tomó con fuerza de la crin de Rayo de Sol. Pudo alcanzar a su hermana y a Halcón Negro. Y cabalgaron todos juntos por los altos pastizales.

Las sombras de las nubes se deslizaban sobre la llanura. Parecían pájaros gigantes desplegando las alas.

El poni de Halcón Negro se detuvo en la cima de una tupida pendiente. Rayo de Sol y Medianoche se detuvieron justo detrás de él.

Jack no podía creer lo que veía.

Delante de ellos había una manada de miles y miles de búfalos.

6

¡Estampida!

—¡Oh, cielos! —exclamaron Annie y Jack a la vez.

En silencio, Halcón Negro se quedó mirando los búfalos, que pastaban apaciblemente.

—Dame el libro, por favor —dijo Jack.

Annie alzó a Teddy del bolso y agarró el libro para dárselo a su hermano.

Cuando encontró un dibujo en el que se veía una manada de búfalos, Jack leyó para sí mismo.

El verdadero nombre del búfalo es *bisonte*. A comienzos del siglo XIX, existían 40 millones

de bisontes en todo el territorio de las Grandes Llanuras. Cien años más tarde, apenas quedaban unos 300. Casi todos fueron exterminados por cazadores y soldados blancos.

Jack volvió a contemplar la extensa manada. En toda la vasta llanura, lo único que se podía ver eran búfalos y más búfalos.

Jack acababa de comprobar que él y su hermana habían llegado *antes* que los pobladores y soldados blancos. *Antes* de que la gran manada de búfalos quedara reducida a unos pocos.

—He estado en muchas cacerías —dijo Halcón Negro, con la vista fija en los animales.

—¿Nunca sentiste miedo? —preguntó Jack.

Halcón Negro negó con la cabeza.

—Eres muy valiente —dijo Annie.

Halcón Negro sonrió con orgullo.

—Les mostraré cómo se comporta un cazador valiente —dijo. Y de inmediato se bajó del poni.

—Espera, tu abuela dijo que no debías cazar —agregó Annie—. Además no traes puesto tu abrigo de piel de lobo.

—Yo no tengo miedo —replicó Halcón Negro.

—Creo que deberías quedarte aquí —sugirió Jack—. No hay ningún adulto cerca.

Pero Halcón Negro ya se había ido.

Y se acercaba caminando en cuatro patas hacia la manada de búfalos.

—Tengo un mal presentimiento, algo malo va a pasar —dijo Annie.

Como Jack coincidía con su hermana, volvió a hojear el libro.

> Un bisonte puede llegar a pesar 2.000 libras y medir 6 pies de alto. Si alguno de ellos se alarmara ante la presencia de un cazador podría salir corriendo y provocar una aterradora estampida.

Jack volvió a mirar a Halcón Negro, que se acercaba más y más a la manada.

El corazón de Jack latía cada vez más fuerte. Quería gritar: *"¡regresa!"*.

Pero no quería asustar a ninguno de los temibles y enormes búfalos.

Con los ojos clavados en Halcón Negro, Jack le devolvió el libro a su hermana. Ella lo guardó dentro del bolso, a un costado del pequeño Teddy.

Halcón Negro se detuvo justo cuando pasaba junto a uno de los búfalos más cercanos. De repente, apretó los ojos con fuerza. Hizo una mueca con la nariz. Y abrió la boca.

—¿Qué hace? —preguntó Jack.

—¡*Ah-ah-CHUU!* —estornudó Halcón Negro.

—¡Uy! ¡Nooo! —exclamó Annie.

El enorme búfalo sacudió la cabeza y miró hacia arriba. Gimió por lo bajo. Y luego de apuntar con los cuernos hacia Halcón Negro, avanzó con furia hacia él.

Los demás búfalos alzaron la vista, alarmados.

—¡Cuidado! —gritó Jack.

Halcón Negro saltó fuera del paso del búfalo.

De repente, Teddy se escapó de un salto de los brazos de Annie. Aterrizó en el pasto alto y corrió hacia la manada.

—¡Teddy! —gritó Annie.

El pequeño cachorro descendió rápidamente por la loma y se puso a ladrar con furia a la manada.

—¡Teddy, regresa! —gritó Annie.

Y, de inmediato, se bajó del poni y corrió detrás del perro.

Jack trató de divisar a Halcón Negro.

El pequeño todavía luchaba por esquivar al temible búfalo. Se veía muy cansado.

Jack respiró hondo.

—¡Vamos a ayudar a Halcón Negro! —dijo, y le dio un pequeño empujón al poni con la rodilla para que se pusiera en marcha.

El pequeño poni dorado descendió por la ladera y corrió entre los búfalos.

—¡Halcón Negro! —gritó Jack.

Cuando el niño empezó a correr hacia Rayo de Sol, el búfalo se desvió bruscamente.

Rayo de Sol aminoró la marcha al ver que Halcón Negro estaba cerca. El niño se abalanzó sobre el lomo del poni y se agarró a Jack mientras se alejaban rápidamente del enfurecido búfalo.

—¿Dónde está Annie? —preguntó Jack ya en la cima de la pequeña colina.

—¡Allí está! —respondió Halcón Negro señalando hacia lo lejos.

Annie estaba parada en medio de los búfalos, ahora ya más *serenos*. Mientras los acariciaba y les hablaba, muchos se fueron tranquilizando poco a poco.

Al igual que los que estaban un poco más lejos, todos dejaron de correr hasta quedar completamente serenos. Después, la manada se puso a pastar como si nada hubiera pasado.

7

La Mujer Búfalo Blanco

—Ella tiene buena medicina —comentó Halcón Negro.

—Annie no tiene ninguna medicina —replicó Jack—. Simplemente tiene una forma especial de llegar a los animales.

Halcón Negro se quedó en silencio. Montó su poni y descendió por la ladera para unirse con Annie.

Jack bajó detrás de él. El poni de Annie avanzaba detrás de Jack.

Annie se volvió para mirar a su hermano y a

Halcón Negro. Tenía el rostro iluminado por el asombro.

—¡No van a creer lo que pasó! —dijo.

—¡Detuviste la estampida! —agregó Halcón Negro.

—Pero no fui yo —explicó Annie.

—¿Qué quieres decir? —preguntó Jack.

—Yo buscaba a Teddy. Y, de repente, me vi en medio de los búfalos. No podía escapar. Así que levanté los brazos y grité: *"¡Alto!"*. Después, no sé de dónde, apareció una hermosa mujer con un vestido de cuero de color blanco para ayudarme.

—¿Viste a una mujer vestida de blanco? —preguntó Halcón Negro, con los ojos desorbitados.

—¡Sí! —respondió Annie—. *Ella* levantó los brazos y los búfalos se detuvieron. Después, así como llegó, desapareció.

—¿Dónde está Teddy? —preguntó Jack.

Annie se quedó con la boca abierta.

—¡No lo sé! ¡Me olvidé de él! —dijo—. ¡Teddy! ¡Teddy!

—¡Guau! ¡Guau!

El cachorro se acercó corriendo.

Al verlo, Annie empezó a acariciarlo. Y él le lamió el rostro.

—¿Dónde estabas? ¿También viste a la bella mujer de blanco? —preguntó Annie.

—Esa dama no pertenece a la tierra —explicó Halcón Negro, con voz suave.

—¿Qué quieres decir? —preguntó Annie.

—Tú viste el espíritu de la Mujer Búfalo Blanco —explicó Halcón Negro.

—¿Qué quieres decir con…*espíritu*? —preguntó Jack—. ¿Quieres decir que mi hermana vio un fantasma?

Halcón Negro le indicó al poni el camino de regreso.

—Regresemos —dijo—. Debemos contarle lo sucedido a mi abuela.

Annie colocó a Teddy en el bolso de Jack. Luego montó en el poni y todos partieron.

Atrás quedaron los búfalos pastando apaciblemente.

8

El círculo sagrado

El sol ya había comenzado a ponerse cuando los tres ponis galopaban hacia el campamento. El oscuro cielo azul se veía salpicado de rayos dorados.

En el campamento lakota, la débil luz del sol poniente aún coloreaba el círculo de *tepees*. La gente se encontraba reunida alrededor de una inmensa fogata.

Halcón Negro condujo a Annie y a Jack hacia el campamento. Los tres bajaron de los ponis y se acercaron al fuego.

La abuela de Halcón Negro se puso de pie para saludarlos.

—Tardaron mucho —dijo.

Halcón Negro miró a su abuela a los ojos con firmeza.

—Abuela, traté de cazar un búfalo yo solo —explicó—. Uno trató de atacarme pero Jack me salvó la vida. Después, Annie y la Mujer Búfalo Blanco detuvieron al resto de los búfalos antes de que huyeran en estampida.

—Bueno, espero que hayas aprendido una lección —dijo la abuela con rigor—. Tu orgullo te hizo alardear. Tu actitud te hizo actuar tontamente. Tu tontería asustó a un búfalo, que a su vez asustó a otros búfalos. Una cosa conduce a la otra. Todas las cosas están relacionadas entre sí.

—Perdón, abuela. Aprendí mi lección —dijo Halcón Negro y bajó la cabeza humildemente.

Jack sintió pena por Halcón Negro.

—Yo también cometo errores a veces —dijo Jack.

—Y yo —agregó Annie.

La abuela miró a Jack y a Annie.

—La Niña Búfalo y el Jinete Rayo Veloz demostraron gran coraje hoy —dijo.

Jack sonrió. Le encantó su nuevo nombre lakota: *Jinete Rayo Veloz*.

—Ahora son parte de nuestra familia. ¡Bienvenidos! —exclamó la abuela.

Las sombras del anochecer comenzaron a desplegarse sobre el campamento.

De pronto, alguien empezó a tocar un tambor. Sonaba como el latido de un corazón.

—Vengan. Siéntense con nosotros en nuestro círculo —dijo la abuela.

Los niños se sentaron cerca de ella, junto al fuego, que comenzaba a calentarlos.

La brisa fresca esparcía pequeñas chispas por el aire que, por momentos, encendían el crepúsculo gris.

Un anciano tomó una larga pipa y la alzó hacia el cielo, orientándola hacia el este, hacia el sur, el

oeste y, por último, hacia el norte.

Después, se la entregó al siguiente hombre en el círculo. Éste se puso la pipa entre los labios y echó humo sobre el fuego dorado. Luego, se la entregó al siguiente hombre.

—El humo de la pipa sagrada une todas las cosas con el Espíritu Supremo —explicó la abuela de Halcón Negro.

—¿El Espíritu Supremo? —preguntó Annie.

—El Espíritu Supremo es la fuente de todas las cosas en el círculo sagrado de la vida. Es la fuente de todos los espíritus —aclaró la abuela.

—¿Qué espíritus? —preguntó Jack.

—Hay muchos. Los espíritus del viento, de los árboles, de los pájaros —dijo la abuela—. A veces se les puede ver. Otras, no.

—¿Y la Mujer Búfalo Blanco? ¿Quién es ella? —preguntó Jack.

—Es una mensajera del Espíritu Supremo —dijo la abuela—. Él la envió cuando la gente se moría de hambre. Ella trajo la pipa sagrada para que nuestras plegarias llegaran al Espíritu Supremo. Y él nos respondió enviándonos el búfalo.

—¿Por qué cree que la Mujer Búfalo Blanco se

me apareció? —preguntó Annie.

—En ocasiones, el coraje puede pedir ayuda al más allá —explicó la abuela.

Luego, la anciana sacó una pluma color marrón y blanco de un pequeño bolso de piel de ciervo. Y la colocó sobre el suelo, en frente de Annie y de Jack.

—Éste es un regalo para ustedes —dijo—. Una pluma de águila por el coraje que han demostrado.

—¡Guau! ¡Guau! —el pequeño Teddy empezó a mover la cola.

Annie y Jack sonrieron. La pluma de águila era el regalo de la llanura azul.

Habían llegado al fin de la misión.

El canto y el sonido del tambor empezaron a oírse con más fuerza. Después, todo quedó en silencio.

El anciano alzó la pipa hacia el cielo.

—Todas las cosas están relacionadas entre sí —dijo.

La ceremonia había llegado a su fin.

El cielo se veía oscuro y lleno de estrellas.

Uno a uno, cada integrante de la tribu, se puso de pie y se marchó a su *tepee*.

Jack guardó la pluma de águila dentro del bolso y bostezó.

—Será mejor que regresemos a casa —dijo.

—Primero deben descansar. Podrán marcharse al amanecer —replicó la abuela.

—Muy buena idea —agregó Annie, que también empezaba a bostezar.

Ambos se retiraron con Halcón Negro y su abuela al *tepee*.

La anciana señaló dos mantas de piel de búfalo que estaban junto al fuego. Annie y Jack se acostaron encima de las mantas. Teddy se acurrucó entre ellos.

La anciana y Halcón Negro se acostaron a descansar en frente de Annie y Jack.

Jack se quedó contemplando el humo blanco azulado que se alzaba de la pequeña fogata hasta el pequeño agujero del techo y se perdía en el sinfín de estrellas.

Jack escuchó el sonido del viento, que soplaba por entre los pastizales: *"Shh-shh-shh"*.

"Es la voz de las Grandes Llanuras", pensó. Y se acomodó para dormir.

9

La escuela de los lakotas

Jack sintió que Teddy le lamía el rostro.

Abrió los ojos. Una luz grisácea penetraba por el agujero del techo.

El fuego se había apagado. El *tepee* estaba vacío.

Jack se incorporó de un salto. Tomó el bolso y se apuró para salir junto con Teddy.

Afuera el aire se sentía fresco. Faltaba poco para el amanecer. Todo el mundo desmantelaba su *tepee* para luego colocarlo sobre una plataforma de madera amarrada por dos palos, a su vez, tirados por caballos.

Halcón Negro y su abuela apilaban ropa y herramientas sobre la plataforma de madera.

Annie guardaba carne de búfalo dentro de una bolsa de cuero crudo.

—¿Qué sucede? —preguntó Jack.

—Ha llegado la hora de seguir a los búfalos. Acamparemos en otro lugar durante unas semanas —explicó la abuela.

Jack sacó el cuaderno. Todavía tenía muchas preguntas. Pero trató de elegir sólo unas cuantas.

—¿Pueden acampar en cualquier sitio aunque la tierra no les pertenezca? —preguntó Jack.

Halcón Negro se echó a reír.

—La gente no puede ser dueña de la tierra. Le pertenece al Espíritu Supremo —explicó el pequeño.

Jack anotó:

La tierra le pertenece al Espíritu Supremo, no a la gente

—¿Y tú no vas a la escuela? preguntó Jack.

—¿Qué es una escuela? —preguntó Halcón Negro.

—Es un sitio donde los niños van a aprender cosas —explicó Jack.

—Pero no hay un lugar único donde se puede aprender —dijo Halcón Negro—. Nosotros aprendemos a hacer nuestra ropa, *tepees* y herramientas en nuestro campamento. En la llanura, aprendemos a montar y a cazar. Cuando miramos al cielo, aprendemos sobre el coraje de las águilas.

De inmediato, Jack se puso a escribir:

La escuela de los lakotas está en todas partes

La abuela de Halcón Negro se volvió a mirar a

Annie y a Jack.

—¿Caminarán con nosotros hacia donde se pone el sol? —les preguntó.

Jack negó con la cabeza.

—Tenemos que ir en dirección opuesta —contestó—. Por donde sale el sol.

—Gracias por la pluma de águila —agregó Annie.

—Deja que tus pensamientos se eleven tan alto como esa pluma. Es buena medicina —dijo la abuela.

—¿Qué quiere decir eso? ¿*Buena medicina*? —preguntó Jack.

—Sirve para conectarse con el mundo de los espíritus —explicó la abuela.

Jack asintió con la cabeza. Pero todavía no lograba comprender del todo.

—Adiós, Niña Búfalo. Adiós Jinete Rayo Veloz. Les deseo un regreso sin peligros —dijo la abuela.

Annie y Jack se despidieron y emprendieron el camino de regreso.

Teddy corría delante de ellos.

En la cima de la pequeña loma se detuvieron para mirar hacia atrás.

Halcón Negro, su abuela y el resto de la tribu los observaban en silencio.

Annie y Jack alzaron dos dedos en señal de "amistad". Después, descendieron por la loma.

Y corrieron por la llanura hacia la casa del árbol, atravesando el pasto alto que murmuraba suavemente con la caricia del viento.

Cuando llegaron, Annie colocó a Teddy dentro del bolso de cuero. Y junto con su hermano subieron por la escalera de soga.

Luego miraron por la ventana una última vez. El mar de pasto se veía de color dorado con el sol, que recién nacía.

"Los lakotas deben de estar caminando hacia el oeste", pensó Jack.

—Pronto, todo va a cambiar —dijo, con tristeza—. Los búfalos comenzarán a desaparecer. Y con ellos, también desaparecerá el estilo de vida tradicional de la tribu lakota.

—Pero el Espíritu Supremo nunca morirá —agregó Annie—. Siempre protegerá a la gente de Halcón Negro.

Jack sonrió. Las palabras de su hermana lo hicieron sentir mejor.

—¡Guau! ¡Guau! —Teddy ladró como si quisiera decir: *"¡Vamos! ¡Vamos!"*

—De acuerdo. Vamos —dijo Jack.

Tomó el libro de Pensilvania y señaló el dibujo de Frog Creek.

—Deseamos volver a casa, con nuestra gente —dijo.

El viento comenzó a soplar.

La casa comenzó a girar.

Más y más rápido cada vez.

Después, todo quedó en silencio.

Un silencio absoluto.

10

Buena medicina

—Llegamos —dijo Annie.

El sol brillante de la mañana se coló en el interior de la casa del árbol. Teddy lamió el rostro de Annie y de Jack. De nuevo llevaban los pantalones vaqueros y las camisetas.

—¡Eh, pequeño! —dijo Annie, mirando a Teddy—. Ya tenemos el segundo objeto para liberarte del hechizo.

Annie sacó la pluma de águila de la mochila de Jack. La colocó sobre la nota de Morgana, junto al reloj de bolsillo de plata del *Titanic*.

—Ahora tenemos el regalo de la llanura azul —dijo Jack—. Dejemos que nuestros pensamientos se eleven tan alto como esta pluma.

—¿Sabes, Jack? —dijo Annie.

—¿Qué sucede? —preguntó él.

—Estoy segura de que Teddy tuvo algo que ver con la Mujer Búfalo Blanco —afirmó Annie.

—¿Por qué lo dices? —preguntó Jack.

—En un segundo, Teddy desapareció de repente. Y en ese instante apareció la Mujer Búfalo Blanco —explicó Annie—. Y cuando ella desapareció, Teddy volvió a aparecer.

—Hmmm —exclamó Jack, con los ojos clavados en el cachorro.

Teddy inclinó la cabeza y miró a Jack con ojos pícaros.

—Bueno, tal vez Teddy también tiene esa buena medicina —comentó Jack.

—*Entendiste* —dijo Annie sonriendo.

—¡Jaaack! ¡Annieeee! —alguien llamó desde lejos.

Annie y Jack miraron por la ventana de la casa del árbol.

La mamá y la abuela los llamaban desde el porche de la casa.

—¡Aquí, abuela! —dijo Annie.

—¡Ya vamos! —gritaron los dos a la vez.

—¡Pongamos a Teddy en la mochila para llevarlo a casa con nosotros —sugirió Annie.

—De acuerdo —respondió Jack.

Pero cuando los dos se dieron vuelta, el cachorro ya no estaba.

—¿Teddy? —llamó Annie.

No había señal del pequeño.

—¡Otra vez! Tan pronto como nos distraemos, Teddy se escapa —dijo Jack.

—No te preocupes —dijo Annie—. Pronto nos encontrará otra vez. Estoy segura. —Y bajó por la escalera de soga.

Jack tomó la mochila y bajó detrás de su hermana.

Mientras caminaban hacia la casa, se desató una ráfaga de viento que comenzó a agitar las hojas de los árboles.

Jack se detuvo por un momento y contempló el bosque.

Las ramas de los árboles se balanceaban de un lado al otro.

Los pájaros abandonaban el bosque para perderse en el cielo azul.

"La abuela de Halcón Negro tenía razón. Todas las cosas están relacionadas entre sí", pensó Jack.

—¡Jack! —llamó Annie.

—¡Ya voy! —contestó él.

Y se apuró para alcanzar a su hermana.

Juntos, se alejaron rápidamente del bosque de Frog Creek y corrieron por la calle que los llevaba a casa, hacia los brazos de su querida abuela.

LA LEYENDA DE LA MUJER BÚFALO BLANCO

Hace muchos años, cuando los lakotas no tenían qué cazar, se les apareció una hermosa mujer vestida con piel de ciervo de color blanco. Ella le dio al jefe de la tribu una pipa muy particular. Tenía un búfalo tallado en la tabaquera, y del largo cañón de madera colgaban varias plumas de águila.

La Mujer Búfalo Blanco le dijo al jefe que si fumaba la pipa sagrada sus oraciones llegarían al Espíritu Supremo. Y, a su vez, el Espíritu Supremo respondería ayudando a los lakotas a encontrar búfalos para poder cazarlos.

La mujer también le dijo que el humo de la pipa uniría a la tribu con el resto de los seres vivos.

La tabaquera de la pipa representaba la tierra.

El búfalo tallado sobre ésta representaba todos los animales de cuatro patas que habitan la tierra.

El cañón de madera representaba todo lo que crece en la tierra.

Y las doce plumas de águila, todas las criaturas con alas.

Finalmente, cuando la Mujer Búfalo Blanco se alejó de la tribu, se convirtió en un pequeño búfalo blanco, uno de los animales más raros del mundo.

La leyenda de la Mujer Búfalo Blanco ha sido transmitida de generación en generación entre los lakotas.

MÁS INFORMACIÓN PARA TI Y PARA JACK

1. Los lakotas también se conocen con el nombre de indios sioux.

2. Hoy la mayoría de los lakotas vive en reservas situadas en Dakota del Norte y Dakota del Sur. (Una reserva es una porción de tierra cedida por el gobierno de Estados Unidos a los nativos norteamericanos). Los lakotas más ancianos continúan pasando sus tradiciones a los más jóvenes.

3. El verdadero nombre del búfalo es *bisonte*. Este animal llegó a América del Norte durante la Era de los Glaciares y en un momento determinado se convirtió en el grupo más numeroso de grandes mamíferos del continente.

4. En el siglo XIX, el ejército de Estados Unidos estaba en guerra con los nativos de las llanuras de Norteamérica. Como era sabido que los nativos norteamericanos no podían sobrevivir sin el búfalo, los soldados decidieron exterminarlo. Y durante los años que siguieron, mataron millones de búfalos hasta que sólo quedó un número muy pequeño.

5. A comienzos del siglo XX mucha gente estaba disgustada con la matanza de los búfalos. Pidieron ayuda al gobierno para salvar estos animales. Como respuesta, muchos búfalos fueron puestos en cautiverio en el Parque Nacional Yellowstone para protegerlos de los cazadores. Hoy viven allí casi 2.500 bisontes.

No te pierdas la próxima aventura de
"La casa del árbol", cuando Annie y Jack
viajan a un bosque de la India y allí tienen
que salvar a un peligroso tigre.

LA CASA DEL ÁRBOL #19

TIGRES AL ANOCHECER

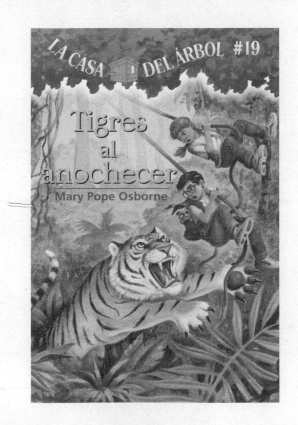

¿Quieres saber adónde puedes viajar en la casa del árbol?

La casa del árbol #1
Dinosaurios al atardecer

Annie y Jack descubren una casa en un árbol
y al entrar, viajan a la época de los dinosaurios.

La casa del árbol #2
El caballero del alba

Annie y Jack viajan a la época de
los caballeros medievales y exploran
un castillo con un pasadizo secreto.

La casa del árbol #3
Una momia al amanecer
Annie y Jack viajan al antiguo Egipto y se pierden dentro de una pirámide al tratar de ayudar al fantasma de una reina.

La casa del árbol #4
Piratas después del mediodía
Annie y Jack viajan al pasado y se encuentran con un grupo de piratas muy hostiles que buscan un tesoro enterrado.

La casa del árbol #5
La noche de los ninjas

Jack y Annie viajan al antiguo Japón y se encuentran con un maestro ninja que los ayudará a escapar de los temibles samuráis.

La casa del árbol #6
Una tarde en el Amazonas

Annie y Jack viajan al bosque tropical de la cuenca del río Amazonas y allí deben enfrentarse a las hormigas soldado y a los murciélagos vampiro.

La casa del árbol #7
Un tigre dientes de sable en el ocaso
Jack y Annie viajan a la Era Glacial y se
encuentran con los hombres de las cavernas y
con un temible tigre de afilados dientes.

La casa del árbol #8
Medianoche en la Luna
Annie y Jack viajan a la Luna y se encuentran con
un extraño ser espacial que los ayuda a salvar
a Morgana de un hechizo.

La casa del árbol #9
Delfines al amanecer

Annie y Jack llegan a un arrecife de coral donde encuentran un pequeño submarino que los llevará a las profundidades del océano: el hogar de los tiburones y los delfines.

La casa del árbol #10
Atardecer en el pueblo fantasma

Annie y Jack viajan al salvaje Oeste, donde deben enfrentarse con ladrones de caballos, se hacen amigos de un vaquero y reciben la ayuda de un fantasma solitario.

La casa del árbol #11
Leones a la hora del almuerzo

Annie y Jack viajan a las planicies africanas.
Allí ayudan a los animales a cruzar un río torrencial
y van de "picnic" con un guerrero masai.

La casa del árbol #12
Osos polares después de la medianoche

Annic y Jack viajan al Ártico, donde reciben
ayuda de un cazador de focas, juegan con osos polares
recién nacidos y quedan atrapados sobre una
delgada capa de hielo.

La casa del árbol #13
Vacaciones al pie de un volcán

Jack y Annie llegan a la ciudad de Pompeya, en la época de los romanos, el mismo día en que el volcán Vesuvio entra en erupción.

La casa del árbol #14
El día del Rey Dragón

Annie y Jack viajan a la antigua China, donde se enfrentan a un emperador que quema libros.

La casa del árbol #15
Barcos vikingos al amanecer

Annie y Jack visitan un monasterio de la Irlanda
medieval el día en que los monjes sufren
un ataque vikingo.

La casa del árbol #16
La hora de los Juegos Olímpicos

Annie y Jack son transportados en el tiempo
a la época de los antiguos griegos y de las
primeras Olimpiadas.

La casa del árbol #17
Esta noche en el Titanic

Annie y Jack viajan a la cubierta del *Titanic*
y allí ayudan a dos niños a salvarse del naufragio.

Mary Pope Osborne ha recibido muchos premios por sus libros, que suman más de cuarenta. Mary Pope Osborne vive en la ciudad de Nueva York con Will, su esposo. También tiene una cabaña en Pensilvania.